LOS DOS PAPÁS DE YESICA

Por Melvin J. Coates

Ilustrado por: Mauro Javier Heredia

ISBN: 978-1-956088-03-8 (Paperback)

Había una vez, en un acogedor pueblito situado en las montañas, vivía una niña llamada Yesica. Tenía grandes ojos marrones, una sonrisa que podía iluminar una habitación y dos papás que la amaban más que a nada en el mundo.

Muchos de los otros niños en la escuela tenían solo una mamá o un papá, y a veces Yesica se preguntaba por qué ella era diferente. Sabía que sus papás se amaban mucho y siempre le habían dicho que querían que ella fuera parte de su familia. Pero Yesica no podía evitar preguntarse por qué tenía dos papás en lugar de una mamá y un papá como todos los demás.

Un día, Yesica reunió el valor para preguntarles a sus papás sobre ello. "¿Por qué tengo dos papás en lugar de una mamá y un papá como todos los demás?" preguntó.

Sus papás se sonrieron entre sí y se tomaron de las manos. "Bueno, Yesi," dijo su papá, "es porque tu otro papá y yo somos hombres. Nos amamos mucho, al igual que cualquier otra mamá y papá lo harían. Y queríamos tener un hijo juntos para completar nuestra familia."

Yesica pensó en esto por un momento. "Pero, ¿cómo llegué a existir si ustedes son ambos hombres?" preguntó. Sus papás le explicaron que hay muchas maneras diferentes para que las personas tengan hijos y que ellos habían decidido usar un proceso especial llamado subrogación.

Esto significaba que una mujer amable había llevado un bebé para ellos, y cuando el bebé nació, ellos se convirtieron en los padres legales de Yesica.

Los ojos de Yesica se iluminaron con entendimiento. "Entonces, ¿tengo dos papás porque ambos querían ser mis padres y usaron la subrogación para que eso sucediera?" Sus papás asintieron y la abrazaron fuertemente. "Exactamente, cariño. Y no lo haríamos de otra manera. Eres lo mejor que nos ha pasado."

Yesica sonrió, sintiéndose amada y aceptada. Se dio cuenta de que tener dos papás no la hacía diferente de otros niños - simplemente significaba que tenía el doble de amor y apoyo en su vida.

Pero no todos en el pueblo sentían lo mismo. Algunas personas no entendían por qué Yesica tenía dos papás, y se burlaban de ella o decían cosas malas. Yesica no entendía por qué eran tan crueles, y eso la hacía sentir triste y confundida.

RAINBOW CENTER

Un día, los papás de Yesica la llevaron a un lugar especial llamado el Centro Arcoíris. Era un lugar donde las personas que formaban parte de la comunidad LGBTQ+ podían encontrar apoyo y aceptación. Allí, Yesica conoció a otros niños que tenían dos mamás o dos papás, y se dio cuenta de que no estaba sola.

También conoció a una amable señora llamada Sarah, que era consejera en el Centro Arcoíris. Sarah ayudó a Yesica a entender que todos somos diferentes, y eso es lo que hace del mundo un lugar maravilloso. Le dijo a Yesica que solo porque algunas personas no comprendieran o aceptaran a su familia, no significaba que estuvieran equivocadas o que hubiera algo malo en ella.

Yesica sintió como si se le quitara un peso de los hombros mientras escuchaba las palabras de Sarah. Se dio cuenta de que tener dos papás no era algo de lo que avergonzarse - era algo de lo que estar orgullosa. Volvió a casa sintiéndose confiada y amada, sabiendo que sus papás eran los mejores padres que cualquiera podría pedir.

A medida que Yesica crecía, aprendió más y más sobre la comunidad LGBTQ+ y las luchas que personas como sus papás habían enfrentado en el pasado. Aprendió sobre los Disturbios de Stonewall, donde valientes personas LGBTQ+ se levantaron por sus derechos y comenzaron un movimiento que cambiaría el mundo. Aprendió sobre la bandera del arcoíris, que simbolizaba la diversidad y aceptación de la comunidad LGBTQ+.

Yesica se convirtió en una orgullosa defensora de la comunidad LGBTQ+, usando su voz y sus experiencias para educar a otros y difundir amor y aceptación dondequiera que fuera. Sabía que no todos entenderían o aceptarían a su familia, pero también sabía que había muchas personas que los amarían y apoyarían tal cómo eran.

Y así, Yesica continuó viviendo su vida con sus dos papás a su lado, sabiendo que su amor era lo único que importaba. Creció para ser una persona fuerte, compasiva y amorosa, siempre luchando por lo que era correcto y difundiendo amabilidad y aceptación dondequiera que fuera.

Y un día, cuando tuviera hijos propios, sabía que les contaría la misma historia que sus papás le habían contado a ella: la historia de cómo el amor no tiene límites y cómo tener dos papás fue lo mejor que le había pasado.

Continuará

www.ingramcontent.com/pod-product-compliance
Lightning Source LLC
LaVergne TN
LVHW052302100826
845147LV00001B/120
* 9 7 8 1 9 5 6 0 8 8 0 3 8 *